# 느림의 중요성을 깨달은 달팽이

루이스 세풀베다

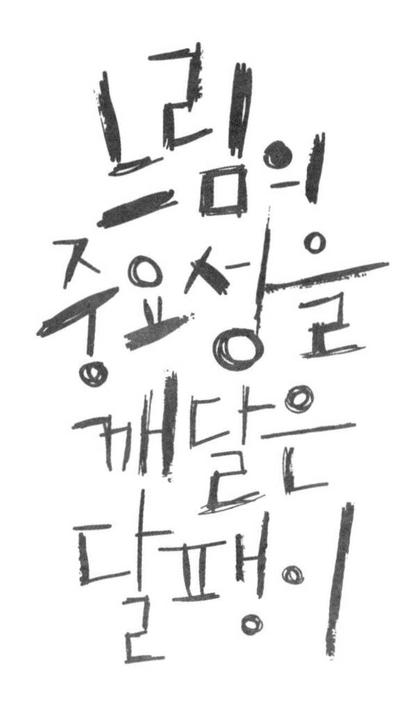


시모나 물라차니 그림
엄지영 옮김

**HISTORIA DE UN CARACOL QUE DESCUBRIÓ LA IMPORTANCIA DE LA LENTITUD**
**by LUIS SEPÚLVEDA**



Korean edition published by arrangement with Literarische Agentur Mertin Inh. Nicole Witt e. K., Frankfurt am Main, Germany, through Imprima Korea Agency, Seoul.

이 책은 실로 꿰매어 제본하는 정통적인 사철 방식으로 만들어졌습니다.
사철 방식으로 제본된 책은 오랫동안 보관해도 손상되지 않습니다.

이 이야기에 관해서……

지금으로부터 몇 년 전의 일이다. 우리 가족 모두가 정원에 모여 오순도순 이야기꽃을 피우고 있는데, 손자 다니엘이 달팽이 한 마리를 유심히 살펴보고 있었다. 그러던 어느 순간 녀석이 나를 돌아보더니, 대답하기 곤란한 질문을 던졌다.「달팽이는 왜 이렇게 느리게 움직이는 거예요?」

뜻밖의 질문에 당황한 나는 대답할 말을 찾지 못해 한동안 우물쭈물했다. 일단 모르겠지만, 생각해 보고 대답해 주겠다고 약속했다. 언제일지는 몰라도 꼭 대답해 주겠다고 말이다.

나는 한번 약속한 말은 반드시 지키는 사람이다. 이 이야기는 그 물음에 대답해 주기 위해 지어낸 것이다.

내 손자 손녀들인 다니엘, 가브리엘, 카밀라, 아우로라, 그리고 발렌티나에게, 또한 정원의 느림보 달팽이에게 이 책을 바친다.

# 1

우리 집과 너희 집에서 가까운 어느 들판에 달팽이들이 옹기종기 모여 살고 있었단다. 그곳이 세상에서 가장 안전하다고 믿고 있던 달팽이들이라 그 누구도 들판의 가장자리까지 나간 적이 없었지. 그러니 마지막 풀포기가 자라고 있던 아스팔트 도로까지 나가 본다는 건 상상조차 못할 일이었어. 이처럼 바깥세상을 구경해 본 적이 없었던 탓에 그곳을 다른 곳들과 비교할 생각조차 하지 못했단다. 다람쥐들에게는 너도밤나무 꼭대기가 가장 살기 좋은 곳일 테고, 꿀벌들에게는 들판 반대쪽 끝의 나무에 매달려 있는 벌집보다 더 아늑한 곳이 어디 있겠니. 하지만 달팽이들은 그런 뻔한 사실조차 모르고 있었던 거야. 이처럼 주변에 어떤 것들이 있고, 무엇이 살고 있는지도 몰라도, 그들은 크게 신경 쓰지 않았어. 비만 한번 오면 사방이 민들레로 뒤덮이는 들판이야말로 그들이 살기에 가장 좋은 곳이라고 믿었기 때문이지.

봄이 찾아와 따뜻한 햇살이 대지를 어루만질 때면, 달팽이들도 천천히 긴 겨울잠에서 깨어나 기지개를 켠단다. 그러고는 껍질 밖으로 머리를 빼꼼 내밀고, 눈이 달린 더듬이로 사방을 두리번거리지. 싱그러운 풀과 알록달록한 야생화, 그리고 무엇보다 맛있는 민들레로 뒤덮인 들판을 보고는 좋아서 입을 다물지 못한단다.

어떤 달팽이들, 특히 나이 많은 달팽이들이 들판을 가리켜 〈민들레 나라〉라고 한 것도 바로 그 때문이야. 그리고 겨우내 서리를 맞아 얼어붙었던 나뭇가지에서 이른 봄마다 푸릇푸릇한 이파리가 돋아나는 납매(臘梅)나무를 가리켜 〈보금자리〉라고 부르기도 했지. 달팽이들은 무성하게 자란 나무 아래에서 대부분의 시간을 보내곤 했단다. 거기에 있으면 새들의 날카로운 눈초리를 피할 수 있으니까 일석이조였지.

그곳에 살던 달팽이들은 서로를 그저 달팽이라고 불렀어. 그러다 보니 가끔 혼란이 빚어지는 경우도 있

었지만, 느긋한 마음으로 해결하곤 했단다. 예를 들면 이런 식이지. 어떤 달팽이와 이야기를 나누고 싶었던 달팽이가 이렇게 속삭였다고 해. 「달팽아, 너랑 잠깐 이야기하고 싶은데.」 그러자 주변에 있던 달팽이들이 모두 그쪽으로 고개를 돌리더라는 거야. 오른쪽에 있던 달팽이는 왼쪽으로, 그리고 왼쪽에 있던 달팽이는 오른쪽으로, 또 앞쪽에 있던 달팽이는 뒤로 고개를 돌렸대. 그리고 뒤쪽에 있던 달팽이는 앞으로 머리를 쭉 빼며 이렇게 소곤거렸다는군. 「나랑 이야기하고 싶다는 거니?」

그러면 애당초 이야기를 하고 싶어 하던 달팽이가 어디론가 느릿느릿하게 움직이기 시작한대. 처음엔 왼쪽으로 가다가, 그다음엔 오른쪽으로, 그리고 이내 앞쪽이나 뒤쪽으로 움직이면서 똑같은 말을 반복한단다. 「미안하지만, 내가 이야기하고 싶은 건 네가 아니야.」 그렇게 우왕좌왕하다 보면 어느 순간 이야기하고 싶은 달팽이 앞에 이르게 된단다. 그런데 그들이 나누는 이야기라고 해봐야 고작 들판에서 겪는 일에 관한 것뿐이야.

달팽이들은 자기들이 느리고 조용하다는 걸, 웬만한 정도가 아니라 아주 느리고 조용하다는 걸 잘 알고 있었어. 그토록 느리고 조용하다 보니 약점이 많다는 것도 잘 알고 있었지. 다른 동물들 같으면 위험이 닥치기 전에 빠르게 도망치거나 동료들에게 큰 소리로 위험 신호를 보내 줄 텐데, 달팽이들은 그럴 수도 없으니까. 너무 느린 데다 조용하기까지 해서 무슨 일이라도 당할까 봐 달팽이들도 늘 두려워했단다. 그래서 달팽이들은 그 문제라면 아예 입 밖에도 내지 않았지. 느리면 느린 대로, 조용하면 조용한 대로 그냥 체념하면서 살았던 거야.

「다람쥐들은 끽끽거리면서 나무 사이를 빠르게 옮겨 다니고, 검은머리방울새는 노래를 부르고 까치는 깍깍 울면서 날아가지. 고양이는 야옹야옹 울고, 개들은 멍멍 짖으면서 빠르게 뛰어다녀. 그런데 우리는 느려 터진 데다, 소리를 내지도 못해. 하지만 뭘 어쩌겠어. 어차피 사는 게 다 그렇고 그런 건데 말이야.」 늙은 달팽이들은 틈만 나면 이렇게 중얼거리곤 했어.

이처럼 대부분의 달팽이들은 자기들이 느린, 그것도 아주 느린 것에 대해 한숨을 지으며 체념하는 분위기였지만, 그중에는 그 이유를 알고 싶어 하던 달팽이가 있었단다.

# 2

달팽이들이 왜 그렇게 느린지 알고 싶어 하던 달팽이는 여느 달팽이들과 마찬가지로 이름이 없었어. 그런데 그 달팽이는 그 문제 때문에 여간 신경이 쓰이는 게 아니었단다. 다른 문제라면 몰라도 이름이 없다는 건 도저히 받아들일 수 없었던 거야. 나이 많은 달팽이들은 녀석이 왜 그렇게 이름을 갖고 싶어 하는지 도무지 이해할 수가 없었어. 그래서 물어보면 그 달팽이는 차분한 목소리로 이렇게 대답하곤 했대.

「납매나무는 그렇게 납매나무라고 부르잖아요. 가령 갑자기 비가 쏟아져서 몸을 숨길 때, 우린 납매나무 아래에서 비를 피한다고 하죠. 그리고 맛있는 민들레도 그렇게 민들레라고 부르잖아요. 우리가 민들레

잎을 먹으러 간다고 하면서 쐐기풀을 뜯으러 가진 않으니까요.」

그러나 달팽이들이 왜 그렇게 느린지 알고 싶어 하던 달팽이가 아무리 그렇게 설명을 해봐도, 주변에 있던 달팽이들의 반응은 시큰둥하기만 했어. 그가 따지고 들 때마다, 다른 달팽이들은 이렇게 수군거리곤 했단다. 「세상이라는 게 원래 다 그런 거 아냐? 그저 납매나무나 민들레, 그리고 다람쥐와 까치의 이름만 알아도 우리가 사는 데 전혀 지장이 없잖아. 더군다나 이곳만 해도 〈민들레 나라〉라는 이름이 있는데 왜 자꾸 저러는지 모르겠네.」 달팽이들은 느릿느릿하게, 그리고 조용조용히 살면서 몸이 마르지 않도록 조심하고, 또 긴 겨울에 대비해서 살만 찌우면 더할 나위 없이 행복하다고 생각했던 거야.

그러던 어느 날, 달팽이들이 왜 그렇게 느린지 알고 싶어 하던 달팽이가 길을 가다가 우연히 어른들이 수군대는 이야기를 엿듣게 되었단다. 그들은 너도밤나무에서 살던 수리부엉이에 대해 이야기하고 있었어. 수리부엉이가 사는 나무는 들판 옆쪽에 있는 세 그루의 너도밤나무 중에서 가장 나이가 많고 키도 큰 나무였지. 하여간 어른 달팽이들의 말에 따르면, 그 수리부엉이는 아는 것이 워낙 많아서 보름달이 뜨는 밤이면 남이 듣든 말든 호두나무, 밤나무, 떡갈나무, 참나무들의 이름을 마치 기도하듯이 중얼거리면서 외운다고 했어. 하지만 달팽이들은 그런 나무들을 한 번도 본 적이 없었기 때문에 어떻게 생겼는지 상상도 할 수 없었어.

어른들의 이야기를 우연히 엿듣게 된 달팽이는 당장 그 부엉이에게 가서 달팽이들이 왜 그렇게 느린 건지 물어보기로 했어. 그래서 달팽이는 느릿느릿, 아주 느릿느릿하게 가장 크고, 가장 나이가 많은 너도밤나무가 있는 곳을 향해 갔지. 풀잎에 맺힌 이슬이 아침 햇살을 받아 반짝거릴 무렵, 납매나무 아래에서 잠시 숨을 돌리던 달팽이는 다시 걸음을 재촉했어. 그렇게 느릿느릿 길을 가던 달팽이는 사방에 어둠이 내려앉을 무렵에야 너도밤나무 앞에 도착했단다.

「수리부엉이님. 여쭤 볼 게 있어서 왔어요.」 달팽이는 저 높은 곳을 향해 목을 빼며 소곤거리는 목소리로 말했어.

「누구니? 대체 어디에 있는 거야?」 수리부엉이는 자기를 찾아온 이가 누군지 궁금해서 물었어.

「저는 달팽이고요, 나무 아래에 있답니다.」 달팽이

가 대답했지.

「그런데 여기까지 올라오면 안 되겠니? 네 목소리가 너무 작아서 여기까지 들리지가 않는구나. 풀이 자라는 소리만큼이나 작단다. 어서 이리로 올라오렴.」 수리부엉이가 말하자, 달팽이는 또다시 느릿느릿, 아주 느릿느릿하게 나무 위로 올라갔어.

너도밤나무의 제일 높은 곳까지 힘겹게 올라간 달팽이를 반기는 것은 무성한 나뭇잎 사이로 희미하게 새어 들어오는 별빛이었어. 그는 새끼들을 품 안에 안고 자는 다람쥐 곁을 지나 거미가 열심히 나뭇가지 사이에 쳐놓은 거미줄을 피해서 계속 올라갔지. 달팽이가 지친 몸을 이끌고 마침내 수리부엉이가 앉아 있는 가지에 다다랐을 무렵엔 이미 동이 터서 나무의 색깔과 윤곽이 서서히 드러나고 있었어.

「저, 여기 왔어요.」 달팽이가 숨을 헐떡이며 말했어.

「알고 있어.」 수리부엉이는 대수롭지 않게 대답했지.

「눈도 안 떴는데, 제가 보이세요?」 달팽이가 놀란 표정을 지으며 말했어.

「난 밤에만 눈을 뜬단다. 그땐 주변에 있는 걸 죄다 볼 수 있지. 하지만 낮 동안에는 눈을 감고서 전에 있었던 것을 본단다. 그래 뭘 알고 싶어서 온 거니?」 수

리부엉이가 물었어.

「달팽이가 왜 그렇게 느린지 알고 싶어요.」 달팽이가 속삭이듯 말했지.

그러자 수리부엉이는 갑자기 눈을 휘둥그렇게 뜨더니, 달팽이를 유심히 살펴보았단다. 잠시 후, 부엉이는 다시 스르르 눈을 감았지.

「네가 느린 이유는 너무 무거운 짐을 지고 있기 때문이야.」 수리부엉이가 말했어.

그런데 달팽이는 아무리 생각해도 부엉이의 말뜻을 알아차릴 수 없었단다. 그도 그럴 것이 달팽이는 한 번도 자기 껍질이 무겁다고 생각한 적이 없었거든. 껍질을 등에 지고 다닌다고 피곤한 적도 없었을뿐더러, 다른 달팽이들이 무겁다고 불평하는 소리를 들은 적도 없었기 때문이야. 그래서 수리부엉이에게 자기가 생각한 대로 말을 했지. 제발 머리를 그렇게 빙글빙글 돌리지 않기를 바라면서 말이야.

「나도 예전에는 잘 날아다녔단다. 하지만 지금은 날 수가 없구나. 옛날에, 그러니까 너희 달팽이들이 이 들판에 살기 훨씬 전에는 나무가 지금보다 훨씬 더 많았지. 너도밤나무, 밤나무, 떡갈나무, 호두나무, 참나무 등등, 셀 수 없을 정도였어. 그때만 해도 모든 나무들이 다 내 집이나 마찬가지였단다. 밤마다 나무들 사이를 자유자재로 날아다녔지. 사라져 버린 나무들에 대한 추억이 쌓이면서 몸이 너무 무거워지는 바람에 이젠 날 수조차 없구나. 보아하니 넌 아직 어린 것 같은데. 하지만 지금까지 네가 본 것, 쓴맛이든 단맛이든 네가 여태껏 맛본 것, 그리고 비와 햇빛, 추위와 밤, 그 모든 것들이 너와 함께 움직이다 보니 무거울 수밖에. 그 무게를 다 감당하기는 아직 네가 어리기 때문에 몸이 느린 거란다.」

「이렇게 느려 터져서 뭘 한단 말이에요?」 달팽이가 볼멘소리로 투덜거렸어.

「그 문제에 대해서는 나로서도 해줄 말이 없구나. 그 대답은 너 스스로 찾아야만 해.」 수리부엉이는 대답을 한 뒤, 아무 말도 하지 않았어. 이는 더 이상 아무것도 묻지 말라는 뜻이었지.

# 3

수리부엉이를 만난 후, 달팽이들이 왜 그렇게 느린 건지 알고 싶어 하던 달팽이는 또다시 느릿느릿, 아주 느릿느릿하게 납매나무가 있는 쪽으로 가고 있었어. 그러던 중, 그들의 말로 〈관습〉이라고 하던 것에 몰두하고 있는 달팽이들을 만나게 됐단다.

그 일이 정확히 언제 일어났는지 확실하게 기억하고 있는 이는 아무도 없었어. 어느 날, 갖가지 색깔의 나뭇잎들이 바람에 날려 들판으로 떨어졌다는 거야. 모양새가 반듯하고, 가장자리도 매끈한 게, 그들이 여태껏 본 나무나 풀의 이파리들과는 전혀 달랐어. 그 나뭇잎들은 한동안 바람을 타고 떠다니면서 춤을 추듯 하늘하늘 나부끼다가, 결국엔 물기에 젖어 축축한

풀 위로 사뿐히 내려앉더라는 거야. 가까이 가보니 그 나뭇잎 위에는 이상하게 생긴 검은색 기호들과 인간들이 몇 명 있었는데, 크기가 너무 작은 데다 움직이지도 않아서 들판에 사는 이들에게 위협이 될 것 같지는 않았던 모양이야. 하지만 이들을 본 달팽이들은 놀라 입이 딱 벌어졌어.

떨어진 나뭇잎들 위를 느릿느릿, 아주 느릿느릿하게 돌아다니던 달팽이들은 꼼짝도 하지 않고 있는 인간들을 유심히 살펴보기 시작했어. 인간들은 아주 맛나 보이는 음식들로 가득 찬 곳 앞에 줄지어 서 있었어. 그리고 나뭇잎의 끄트머리 쪽에는 즐거운 표정으로 먹을 것을 손에 잔뜩 들고 있는 인간들의 모습도 보였단다.

「누군지 기억은 안 나지만, 전에 내게 이런 말을 해준 이가 있었지. 인간들은 평생 똑같은 일과 동작, 똑같은 행동을 되풀이하면서 지낸다고 말이야. 이런 걸 두고 그들은 관습이라고 한다더군.」 나이가 지긋한 달팽이가 기억을 더듬으면서 말했어.

「이런 식으로 음식을 먹는 관습이라면 그다지 나쁠 것 같진 않네요.」 다른 달팽이가 나서며 말했지. 그러자 그 자리에 있던 나머지 달팽이들도 더듬이를 끄덕거리면서 공감을 표시했어. 이처럼 함께 모여서 음식을 먹는 관습은 달팽이들의 눈에도 근사해 보였던 모양이야.

그날 이후로 달팽이들은 배가 고프기만 하면 언제든 가리지 않고 혼자 음식을 먹던 습관을 버리고, 해 질 무렵 무성하게 자란 납매나무 아래에 모여서 함께 밥을 먹기로 했단다. 그 관습을 보다 재미있게 만들기 위해, 그들은 번갈아서 이야기를 소곤소곤 주고받았다고 하더군. 가령 누군가가 질문을 던지면, 다른 이가 대답을 하는 식이지.

「오늘은 뭘 먹을 거야?」 누군가 질문을 하면,

「민들레. 맛있는 민들레 이파리.」 다른 달팽이가 대답을 했대.

「맛있는 거 먹고 싶어.」 누군가 말하면,

「그럼 민들레를 먹으렴.」 다른 달팽이가 대답을 했대.

그 〈관습〉 덕분에 달팽이들은 매일 해 질 무렵 민들레를 먹기 위해 납매나무 아래로 모여들곤 했단다. 저녁을 먹고 나면, 지칠 줄 모르고 일만 하는 개미들, 인사도 하지 않고 폴짝폴짝 뛰면서 들판을 가로질러 가 버리는 건방진 메뚜기들, 그리고 호시탐탐 그들을 노리는 위험한 적들에 대해 이야기꽃을 피웠어. 달팽이들은 특히 애벌레들을 무서워했단다. 납매나무 이파리에 한번 달라붙으면 절대로 떨어지지 않을 만큼 힘이 세니까. 그리고 딱정벌레도 슬슬 피해 다녔지. 녀석들의 우악스러운 턱뼈에 걸리면 껍질이고 뭐고 다 바스러지고 말 테니까 말이야. 하지만 달팽이들이 제일 무서워하는 건 바로 인간들이었어. 인간들이 오는 낌새를 제일 먼저 알아차린 달팽이가 〈저벅저벅!〉이라고 소곤거리면, 옆에 있던 달팽이도 재빨리 다른 달팽이들에게 같은 소리로 경고 신호를 전달했어. 그러면 곧 모든 달팽이들이 계속해서 〈저벅저벅!〉 소리를 내는 거야. 사실 인간들은 땅바닥에 무엇이 있든 없든 자기들 내키는 대로 걸어다니잖아. 그들의 커다랗고 무거운 발에 어디든 밟히는 날에는 하루 종일 기다리던 평온한 저녁의 관습을 더 이상 누릴 수 없었기 때문에 그렇게 조심했던 거야.

달팽이들이 왜 그렇게 느린지 알고 싶어 하던 달팽이도 매일 저녁 납매나무 아래로 가서 다른 달팽이들과 함께 밥을 먹고, 그날 있었던 일에 대해 도란도란 이야기를 나누는 관습에 참여했어. 밥을 다 먹고 나면 달팽이는 왜 그렇게 느린 건지, 또 왜 이름이 없는 건지 하루도 빠짐없이 물어봤단다.

「애야.」 어느 날 저녁, 연일 계속되던 녀석의 질문에 진절머리가 났는지 가장 나이가 많은 달팽이가 나섰어. 「우리는 메뚜기처럼 폴짝거리며 뛰어다닐 수도 없고, 또 나비처럼 날아다닐 수도 없으니까 느린 거란다. 그리고 이름에 관해서 말인데, 사물이나 이 들판에 있는 생물에 이름을 붙일 수 있는 건 인간들뿐이야. 부탁인데 이제 그런 터무니없는 질문 따윈 좀 그만해라. 알겠니? 앞으로 또 그러면, 여기서 쫓아 버릴 테니까 알아서 해!」

단지 느린 이유를 알고 싶었고, 이름을 갖고 싶었을 뿐인데, 할아버지 달팽이가 윽박지르자 달팽이는 그만 풀이 죽고 말았어. 더군다나 주변에 있던 달팽이들 중 자기편을 들어 주는 이가 아무도 없다는 사실에 적지 않은 충격을 받았던 모양이야. 심지어 몇몇 달팽이들이 수군거리는 소리를 듣자 마음이 찢어질 듯 아팠어. 「할아버지 말이 맞고말고. 저 자식만 사라지면 우리도 좀 편하게 살 수 있을 텐데 말이야.」

바로 그 순간, 달팽이는 목을 길게 빼더니, 눈이 달린 더듬이를 이리저리 움직이면서 주변에 있던 달팽이들을 하나씩 살펴보기 시작했어. 그러곤 작디작은 입에서 나올 수 있는 가장 큰 목소리로 말을 했단다.

「여러분의 생각이 정 그렇다면, 제가 이곳을 떠나겠습니다. 하지만 우리 달팽이들이 왜 느린 건지 알게 되고, 제가 이름을 갖게 되는 날, 다시 이곳으로 돌아올 거예요.」

# 4

달팽이들이 왜 그렇게 느린지 알고 싶었을 뿐만 아니라, 이름을 갖고 싶어 하던 달팽이가 느릿느릿, 아주 느릿느릿하게 멀어지는 모습을 나머지 달팽이들은 계속 먹으면서 지켜보고 있었어. 그러다 결국엔 들판 저 꼭대기 뒤로 사라져 버릴 때까지 말이야.

사방에 어둠이 깔리고, 풀잎과 나뭇잎에 매달린 밤이슬이 별빛을 받아 반짝거릴 무렵, 달팽이는 밤을 보낼 곳을 찾아야 했단다. 평평한 곳이면 어디든 상관이 없었지. 일단 자세를 잡은 다음 곧바로 껍질 안으로 기어 들어가면 그만이니까. 달팽이는 느릿느릿, 아주 느릿느릿하게 옆쪽으로 움직이기 시작했어. 그런데 거기엔 풀밖에 없었어. 하는 수 없이 다른 방향으로 가던 도중, 눈을 돌려 보니까 앞쪽에 그리 높지 않은 바위가 하나 나타나는 거야. 〈저 정도라면 하룻밤 지내기에 안성맞춤이야.〉 달팽이는 느릿느릿, 아주 느릿느릿하게 바위를 타고 올라갔어. 꼭대기에 이르자 달팽이는 가장 평평한 곳을 골랐지. 그리고 몸을 쫙 펴서 껍질 구멍과 비슷한 크기의 표면을 덮었어. 그러곤 다시 몸을 움츠리기 시작했지. 두어 번 몸을 움직이면서 몸이 바위에 단단히 달라붙었는지 확인한 후, 녀석은 곧바로 잘 준비를 했단다.

껍질 안은 칠흑처럼 깜깜했어. 그 좁은 공간 속에 몸을 다 밀어 넣다 보니 그의 목과 머리, 그리고 더듬이와 눈이 하나로 뒤엉켜 껍질과 똑같은 모양이 되었지. 하지만 이런저런 상념에 사로잡히는 바람에 쉬이 잠을 이루지 못했어.

든든한 납매나무와 친구들을 떠난 게 실수였을지도 모른다는 생각이 들었지. 하지만 동시에 누군가의 목소리 — 분명 자기 목소리는 아닌데 — 가 그의 귓전에 계속 울려 퍼지기 시작하는 거야. 〈달팽이들이 느린 건 분명 이유가 있을 거야. 그리고 네 이름, 그러니까 너만이 갖는 이름은 너라는 존재를 특별하고 분명하게 만들어 줄 테고. 생각해 봐! 얼마나 근사한 일인지.〉

그런 생각을 하고 있는데, 갑자기 바위가 움직이는 것 같았어. 거의 느끼지도 못할 정도였지만, 분명히 움직이고 있었어. 바로 그 순간, 나이 든 달팽이들에게서 들은 무서운 이야기가 떠오르는 거야. 고슴도치라는 이름의 동물은 온몸이 가시 바늘로 뒤덮여 있는 데다, 먹이를 찾으러 돌아다닐 땐 굉장히 무거운 바위도 뒤집어 버릴 만큼 힘도 아주 세다는 이야기였지.

그때 다시 바위가 움직이더니, 어디선가 지친, 그것도 아주 지친 목소리가 들렸어.

「그 위에…… 대체…… 누가…… 올라간…… 거지?」

그러자 전에 할아버지 달팽이들이 했던 다른 이야기가 떠오르는 거야. 바람이 골풀 사이를 지나갈 때 무시무시한 소리를 낸다고 말이지. 그런데 지금 들은 소리는 그 정도로 무섭지는 않았어.

「지금 말한 분은 바위인가요?」 달팽이가 소곤거리듯 말했어.

「말하는 게…… 바위냐고……? 내가 누군지…… 본다면……. 그래…… 그건 아무래도 좋아……. 뭐…… 그리 불쾌한 건 아니니까……. 그런데…… 대체 넌…… 누구지……?」

「전 달팽이에요. 그리고 하룻밤 여기서 보낼까 하는

데요. 괜찮을까요?」

「아…… 달팽이……. 그래…… 물론이지……. 여기서…… 묵도록 하렴……. 달팽아…… 그런데 너하고 나는…… 닮은 데가 많은 것 같아…….」

말을 마친 바위는 알맞은 자리를 찾기 위해 풀밭 위를 이리저리 움직였어. 달팽이는 둘이 서로 닮았다는 말이 무슨 뜻인지 바위에게 물어봤단다.

「그런데 왜 그렇게 말이 느리죠? 당신도 저처럼 느림보인가요?」

「원래…… 말투가 그래……. 언제나…… 느릿느릿하단다……. 왜냐하면…… 난 시간이…… 시간이…… 많거든……. 그럼 편히…… 자도록 해……. 달팽아…….」

궁금해진 달팽이는 이것저것 물어봤지만 아무런 대답도 듣지 못했지. 달팽이가 몸을 붙이고 있는 매끄러운 바위 표면으로 가벼운 숨소리가 들려왔단다. 별의 따스한 품속에서 잠든 이의 숨소리처럼 포근했어.

시간이 얼마나 흘렀을까? 달팽이는 바위, 아니면 어떤 느림보가 움직이는 바람에 잠에서 깨고 말았어. 달팽이는 느릿느릿, 아주 느릿느릿하게 기지개를 켜면서 껍질 밖으로 고개를 내밀었지. 그러곤 눈이 달린 더듬이를 쭉 뻗어 주변을 빙 둘러봤는데, 굉장히 아름다운 바닥이 눈에 들어오더라는 거야. 들판에서 가장 습한 곳에 가보면 바위에 이끼가 곱게 덮여 있는데, 그만큼이나 아름다웠어.

그때 또다시 지친 목소리가 들려왔단다. 「그럼…… 달팽아…… 네가 알아서 결정해……. 지금 내려도 되고…… 괜찮으면…… 어디든…… 내가 데려다줄게…….」

느릿느릿, 아주 느릿느릿하게 풀 위로 내려온 달팽이는 깜짝 놀라고 말았단다. 왜냐하면 자기가 밤을 보낸 곳이 바위가 아니라, 딱딱한 등껍질을 가진 동물이었기 때문이야. 등껍질 아래로 튼튼한 발 네 개가 나와 있고, 목은 주름투성이인 데다, 반쯤 감은 눈으로 자기를 유심히 살피고 있었으니 그럴 수밖에.

「나는…… 거북이……라고 해…….」 목을 길게 뺀 채 놀란 표정으로 자기를 보고 있는 달팽이에게 거북이가 느릿느릿하게 말했어.

「그런데 거북이님은 몸집이 어마어마하게 큰데도 별로 무섭지가 않아요. 이런 경우는 처음이에요.」 달팽이는 여전히 놀란 표정으로 거북이에게 말했어. 그러자 거북이는 말이 더 잘 들리도록 달팽이 쪽으로 얼굴을 내밀면서 말했지. 「앞으로…… 더 많이…… 클 거야…….」 거북이는 하고 싶은 말을 찾기 위해 애를 쓰는 것처럼, 뜸을 들이며 느릿느릿하게 말했어. 그리고 자기 이야기를 늘어놓기 시작했단다. 자기도 어렸을 땐 겁쟁이 꼬마였다는 것부터 자기 친척들인 바다거북의 이야기까지 말이야. 그의 말에 따르면, 바다거북들이 얼마나 오래 사는지, 자기들이 보고 들은 것, 무서워하거나 좋아했던 것, 화가 나거나 기뻤던 이유, 덥고 추운 이유와 불은 왜 무섭고, 바닷물은 왜 시원한지 그 이유까지 모든 걸 기억 속에 담아 두기 위해 그렇게 몸집이 커진 거라고 했어.

거북이는 곧 앞으로 걸어가기 시작했어. 거북이가 그렇게 느릿느릿, 아주 느릿느릿하게 걷는데도 달팽이는 뒤처지지 않기 위해 안간힘을 써야 했지. 얼마 안 가 지칠 대로 지친 달팽이는 다시 등 위에 태워 달라고 거북이에게 사정을 했단다.

「더 이상 못 가겠어요. 거북이님의 걸음걸이가 너무 빨라서 도저히 못 따라가겠다고요.」 달팽이가 볼멘소리로 투덜거렸지.

「내가…… 빠르다고……? 그런 말은…… 생전 처음이네……. 알았어……. 달팽아…… 이 위로…… 올라와…….」 거북이가 웃으면서 대답했어.

달팽이는 거북이 머리 뒤에 자리를 잡자마자 어디

로 가는 건지 물었어. 그랬더니 거북이는 대뜸 질문이 잘못됐다고 하면서, 그 대신 〈어디서 오는 길인지〉 물어야 한다는 거야. 거북이가 느릿느릿 걸어가는데도, 달팽이의 눈에는 들판에 자란 풀들이 빠르게 지나가는 것처럼 보였어. 계속 길을 가던 중, 거북이는 뜬금없이 자신이 인간의 망각으로부터 오는 길이라고 했어.

「망각이 뭐죠? 그리고 전 인간들이 뭔지도 몰라요.」 달팽이는 못마땅한 표정으로 중얼거렸어.

그때 거북이가 속도를 늦추더니 어떤 집에 처음 갔을 때의 이야기를 해주었어. 거북이는 잠시 눈을 감고 옛 추억에 잠기더구나. 싱싱한 상추와 즙이 풍부한 토마토, 그리고 설탕에 절인 딸기 등, 한마디로 없는 게 없는 집이었으니 얼마나 행복했겠어. 집 안에 들어가자마자 꼬마들이 우르르 몰려나오더니, 서로 먼저 거북이를 쓰다듬어 보겠다고 난리 법석을 떨었다는 거야. 예뻐서 어쩔 줄 모르겠다는 표정이었지. 심지어는 거북이를 위해 정원 한쪽 구석에 짚으로 된 푹신한 침대까지 마련해 놓았다는 거야. 거북이는 뜨거운 햇볕이 내리쬐는 날 그 정원에서 노는 게 제일 좋았어. 그러다 어느새 차가운 가을비가 내리고 낮이 짧아지다가 급기야 눈이 내려 정원이 꽁꽁 얼어붙으면, 꼬마들이 재빨리 거북이를 집 안으로 데려와 한구석에 따스하고 아늑한 보금자리를 마련해 주는 등 지극정성으로 보살펴 주었지.

「그럼 거북이님은 별로 힘든 일이 없었겠군요.」 달팽이가 부러운 표정으로 말했어.

「그렇지……. 딱히…… 힘든…… 점은…… 없었어……. 그런데…… 인간들은…… 자라면서…… 다 잊어버리고 만단다…….」 거북이는 말을 마치고 긴 한숨을 내쉬었어. 거북이의 말에 따르면, 시간이 흘러 저 꼬마 아이들이 자라 청년이 되고, 또 어른이 될수록 자기한테 점점 더 무관심해지더라는 거야. 예전처럼 먹을 것도 자주 주지 않을뿐더러, 심지어는 귀찮다고 들판에 버리고 싶어 할 만큼 성가신 존재가 되었다는 거지.

달팽이는 거북이의 말을 듣고 나니 괜히 기분이 울적해졌어. 그런데 달팽이의 기분을 아는지 모르는지, 거북이는 여전히 느릿느릿하게 할 말을 찾으면서 이런 이야기까지 해주었단다. 인간들이 자기를 귀찮아하는 것 같아 집에서 멀리 떨어진 이 들판으로 오게 된 거라고. 이곳에는 자기한테 친절히 대해 주는 이들도 있고, 가끔 무서운 동물들도 나타나지만, 어쨌든 전혀 모르는 곳으로, 그리고 불확실한 미래를 향해 무작정 발걸음을 옮기게 됐다는 거야. 이런 걸 두고 — 좀 끔찍한 말이긴 하지만 — 흔히 유형이라고 한다는 말도 했어.

「그럼 제가 거북이님을 따라가도 될까요? 말벗이라도 되어 드릴게요.」 달팽이가 소곤거리듯 말했어.

「그 전에…… 네가…… 무엇을…… 찾는지…… 말해 다오…….」 거북이가 말했어. 그러자 달팽이는 우선 달팽이들이 왜 그렇게 느린지 알고 싶었고, 또 자기만의 이름을 갖고 싶다고 말했단다. 하늘에서 떨어지는 물은 비, 가시가 난 나무의 열매는 블랙베리, 그리고 벌집에서 달콤한 냄새를 풍기는 것은 꿀, 이렇게 다들 이름이 있는데, 자기는 왜 이름이 없느냐는 거였지. 그리고 다른 달팽이들에게 이런 이야기를 했더니 영 못마땅해할 뿐 아니라 자기를 들판에서 쫓아내겠다고 해서, 자기의 목표를 이루기 전까지는 절대로 들판에 돌아가지 않을 생각이라는 말까지 덧붙였어.

그사이 거북이는 달팽이에게 해줄 말을 찾고 있었단다. 오랜 생각 끝에 그는 인간들과 함께 살면서 배운 것을 알려 주기로 했어. 가령 〈그렇게 빨리 하려고 서두를 필요가 있을까?〉라든지 〈꼭 많은 것을 가져야

행복해지는 걸까?〉처럼 거북한 질문을 던지는 사람들을 두고 보통 〈반항아〉라고 한다고 말해 주었지.

「〈반항아〉라. 그 이름 마음에 들어요!」 달팽이가 환한 표정을 지으며 말했어. 「그럼 사람들이 거북이님에게도 이름을 지어 줬나요?」

「물론이지……. 집으로…… 오가는…… 길도…… 아는데…… 어떻게…… 내 이름을…… 잊어버리겠니……? 사람들은…… 나를…… 〈기억〉이라고…… 불렀지……. 그런데…… 정작 나를…… 잊어버리고 말았단다…….」

「그럼 〈기억〉님, 우리 같이 가는 거죠?」 달팽이가 물었어.

「좋아……. 〈반항아〉군…….」 달팽이의 청을 흔쾌히 승낙한 거북이는 느릿느릿, 아주 느릿느릿하게 몸을 돌리면서, 지금까지 왔던 길을 되돌아갈 거라고 말했단다. 달팽이에게 중요한 것을 보여 주고 싶다는 거야. 거북이는 그들이 서로 알기 전부터 쭉 같은 길을 걸어왔다는 것을 달팽이에게 알려 주고 싶었던 거야.

# 5

거북이와 달팽이는 해가 중천에 뜬 무렵에야 가장 나이 많은 달팽이가 이 세상의 끝이라고 하던 들판 가장자리에 도착했단다. 그곳은 대패로 밀어 놓은 듯 매끈했을 뿐만 아니라, 미처 떠나지 못한 어둠의 조각이 바닥에 달라붙은 것처럼 검게 빛나고 있었지. 그리고 주변에 있는 풀과 야생화를 모두 뒤덮으면서 넓게 펼쳐져 있었어.

검은색의 띠 모양으로 길게 이어진 곳 맞은편으로 인간들의 모습이 어른거렸단다. 그들 중 몇몇은 땀을 뻘뻘 흘리면서 달팽이의 눈에 돌같이 보이는 것을 차곡차곡 쌓고 있었지. 그 광경을 보고 놀란 달팽이는 인간들이 온종일 벌집을 짓는 꿀벌만큼이나 부지런하다고 감탄을 금치 못했어. 기억의 우물에서 적절한 말을 찾던 거북이는 달팽이에게 인간들이 무엇을 하고 있는지 설명해 주었지. 지금 저들은 다른 인간들, 즉 어른들과 아이들이 살 집을 만들고 있는 중이라고 했어. 집이 완성되면 그들은 둥그런 모양의 다리가 달린 커다란 동물, 그러니까 금속 심장이 달려 있어 빠를 뿐만 아니라 힘도 장사인 동물 위에 짐을 가득 싣고 저기로 올 거라고 했지.

「그럼 인간들은 경계를 표시한 셈이네요. 저 시꺼먼 띠를 중심으로 저쪽은 인간들이 사는 곳이고, 이쪽은 들판의 동물들과 식물들이 차지하고 있으니까 말이에요.」 달팽이가 속삭이듯 말했어.

「그렇지 않아……. 반항아야…… 이건…… 그렇게 단순한…… 문제가…… 아니란다……. 저 옆쪽을…… 쭉 둘러보거라…….」

거북이 등 위에 올라탄 달팽이는 있는 대로 목을 빼고 눈이 달린 더듬이로 사방을 두리번거렸어. 검은색 띠의 양쪽 끝을 바라본 달팽이는 부들부들 떨 뿐 아무 말도 하지 못했단다. 달팽이가 불안에 떨고 있다는 걸 알아차린 거북이는 예나 다름없이 차분한 목소리로 그에게 자초지종을 설명해 주었지. 저 검은색 띠처럼

생긴 건 도로, 혹은 길이라고 한다고 했어. 그리고 인간들 옆에 서 있는 커다란 동물들은 기계라고 하고, 그 기계들이 토해 내는 끈적끈적하고 시꺼먼 그림자 같은 건 아스팔트라고 한다는 거야. 인간들은 두 발로 걸어다니는 데 익숙하지 않아서 — 너무 느려서 마음에 안 드는 모양이야 — 쇠로 된 동물을 타고 다니기를 훨씬 더 좋아한다고 했어. 그 동물이 빠르면 빠를수록 인간들은 더 탐을 내기 마련이라고 말이야. 그러니까 달팽이가 본 것은, 그 힘센 동물들이 편안히 다닐 수 있도록 들판을 아스팔트로 덮고 있던 것이란다.

「지금 제 기분이 어떤지 저도 잘 모르겠어요. 하지만 왠지 그리 좋은 것 같지는 않아요.」 달팽이가 중얼거렸어.

「반항아야…… 그런 걸…… 두려움이라고…… 한단다……. 두려움…….」

「그럼 저를 반항아라고 부르지 마세요. 그 이름만 가지면 용기, 엄청난 용기가 솟아날 줄 알았는데.」

거북이는 느릿느릿하게, 아주 느릿느릿하게 몸을 돌리면서 들판으로 들어섰단다. 달팽이를 등에 태우고 느릿느릿하게 움직이던 거북이는 두려움을 무서워

할 필요가 없다고 했어. 그러곤 자기가 알고 있는 지식을 모두 동원해서 달팽이에게 말해 주었지. 진정한 반항아라도 두려움을 느낄 때가 있지만, 맞서 싸워 이겨 낸다고 말이야.

힘들게 발걸음을 옮기는 거북이가 안쓰러웠는지, 별들이 이제 그만 걸음을 멈추고 쉬어 가는 게 어떻겠냐고 권했단다. 그제야 거북이와 달팽이는 걸음을 멈추고 밥을 먹었어. 거북이는 말없이 민들레 꽃잎을, 그리고 달팽이는 맛있는 민들레 이파리를 씹어 먹기 시작했지.

「반항아야…… 이제…… 어떡할 거니……?」 거북이가 물었어.

「잘 모르겠어요. 어쨌든 계속 달팽이가 왜 그렇게 느린지를 알아내야 할지, 아니면 당장 달팽이들한테로 돌아가 저 들판에서 일어나고 있는 무시무시한 일을 알려 주는 게 좋을지 판단이 서질 않아요.」

마지막 꽃잎을 먹고 있던 거북이가 천천히 입을 열었단다. 만약 달팽이가 그렇게 느리지 않다면, 즉 느릿느릿하게 걷지 않고 송골매처럼 빨리 날거나, 메뚜기들처럼 저 먼 데까지 폴짝폴짝 뛰어다니거나, 벌처럼 우리 눈이 못 쫓아갈 정도로 날쌔게 날아다닌다면,

아마 둘, 그러니까 달팽이와 거북이의 만남은 절대 이루어지지 못했을 거라고 말이야.

「무슨 말인지…… 알겠니…… 반항아야……?」 거북이는 눈을 지그시 감으며 말을 마쳤어.

「네, 알아요. 제가 느림보라서 이렇게 거북이님을 만나게 된 거니까요. 어디 그뿐인가요? 거북이님은 제게 이름을 붙여 주었을 뿐만 아니라, 우리에게 닥칠 위험도 알려 주었잖아요. 곰곰이 생각해 보니까 달팽이들에게 지금 눈으로 본 것을 알려 주는 게 좋을 것 같아요.」

「그런…… 결단력을…… 가진 걸 보면…… 너는…… 진정한 반항아야…….」

달팽이는 잠잘 채비를 하려고 거북이 등 위로 올라가려고 했어. 그런데 바로 그 순간, 거북이는 달팽이에게 오늘 밤만큼은 자기 옆에서 자면 좋겠다고 했단다. 결국 달팽이는 거북이가 원하는 대로 했지. 달팽이는 거북이가 어서 네 발과 주름진 목, 머리를 접어 껍질 안으로 집어넣기를 기다렸어. 그래야 자기도 온몸을 움츠려서 껍질 안에 넣고 풀잎에 달라붙어 편히 잘 수 있을 테니까 말이야.

그런데 달팽이는 그날 밤 내내 뒤숭숭한 꿈에 시달

렸어. 낮에 본 기계에서 토해 내는 시커멓고 끈적끈적한 덩어리가 들판을 조금씩 뒤덮다가 마침내 납매나무마저 집어삼키더라는 거지. 결국 달팽이들은 손도 못 쓴 채 그 검은 숙명의 그림자 속으로 사라져 버렸다는구나.

그러다 따스한 아침 햇살이 얇은 껍질 속으로 스며들면서 달팽이는 잠에서 깨어났어. 그는 느릿느릿, 아주 느릿느릿하게 목을 뺀 다음 눈이 달린 더듬이로 사방을 둘러보았지. 그런데 놀랍게도 옆에서 자고 있던 거북이가 온데간데없는 거야.

옆으로 누운 풀잎들을 눈으로 좇다 보니 거북이가 어느 방향으로 갔는지 대충 짐작할 수 있었지. 납매나무가 있는 곳과 반대 방향이었어.

「고마워요, 〈기억〉님. 당신에 대한 추억을 마음속에 영원히 간직할게요.」 달팽이는 친구들이 있는 곳을 향해 느릿느릿, 아주 느릿느릿하게 발걸음을 옮기기 시작했어.

# 6

납매나무를 향해 가던 길에 달팽이는 작은 꿀방울을 들고 줄을 지어 나란히 가고 있는 개미들을 만나게 되었단다. 들판에 사는 생물들끼리 지키던 관례에 따라, 달팽이도 걸음을 멈추었어. 만약 사전 통보도 없이 개미들이 표시해 놓은 길을 가로질러 가버리면, 자기가 남긴 눅눅한 흔적 때문에 그들이 길을 잃을 수도 있기 때문이지.

「개미들아, 난 지금 너희들이 표시해 놓은 길을 건너가야 해. 지금 엄청난 위험이 몰려오고 있는데, 한시라도 빨리 이를 달팽이들에게 알려야 하거든.」 달팽이는 거의 땅에 닿을 정도로 머리를 숙이면서 말했어.

「무슨 일인데 그래? 우리도 알아야 할 것 아냐. 대

열을 흐트러뜨리지 말도록!」 그들 중에서 가장 나이가 많아 보이는 개미가 물었어. 그는 일을 하지 않는 대신 다른 개미들이 먹이를 제대로 옮기고 있는지 감시하는 역할을 하고 있었던 거야.

달팽이는 인간들에 대해서, 그리고 그들이 별 없는 밤보다 더 시커멓고 끈적끈적한 걸로 어떻게 들판 저 끝을 뒤덮어 버리고 있는지 상세히 설명해 주었어.

「뭔가 심상치 않은 일이 벌어질 것 같군. 근데 지금 당장 어떻게 해야 할지 나 혼자 결정할 수는 없어. 난 그저 이 개미들이 안전하게 집까지 갈 수 있도록 이끄는 역할을 할 뿐이니까. 대열을 흐트러뜨리지 말라고 했지! 그럼 일단 나랑 같이 가서 여왕 폐하께 말해 보는 게 어떨까?」

달팽이는 개미와 함께 가기로 했지만, 도저히 그들의 빠른 걸음을 따라갈 수가 없었어. 그래서 일단은 그들이 가도록 내버려 두고, 자기는 느릿느릿하게, 아주 느릿느릿하게 갔지. 마침내 개미집에 도착하니, 여왕개미가 시종들에 둘러싸인 채 그를 기다리고 있었어.

「그렇게 느려서 무슨 일을 하겠어. 감히 우리 여왕 폐하를 기다리게 하다니!」 아까 만났던 개미가 달팽

이를 보자 화난 표정으로 몰아붙였어. 하지만 여왕개미는 그에게 조용히 하라고 주의를 주고, 달팽이에게 다가갔어.

「네 말이 사실이렷다? 인간들이 땅속 깊은 곳에 있는 흙보다 더 시커먼 것으로 들판을 뒤덮고 있다는 게 정말이냐?」

「불행한 일이지만 제 말은 모두 사실이에요. 어제 〈기억〉이라는 거북이가 저를 들판 끝까지 데려다줬는데, 그때 제 두 눈으로 똑똑히 봤답니다.」

「이런 일이야 전에도 있었지. 모두들 대피하라!」 여왕개미의 명령이 떨어지기가 무섭게, 모든 개미들은 이파리 조각, 꿀방울, 씨앗, 그리고 땅속에 저장해 놓은 식량을 챙겨 개미집에서 나오기 시작했어.

「중요한 소식을 알려 줘서 고맙구나, 달팽아. 이게 다 네가 느린 덕분이란다. 만약 네가 토끼처럼 날쌔고, 뱀같이 미끄러지듯이 움직인다면, 아마 그 장면을 놓치고 말았을 거야. 그러면 우리에게 그 사실을 알려 주지도 못했을 거고. 이름이 뭐지?」

「제 이름은 〈반항아〉랍니다. 〈기억〉이 붙여 주었어요.」

「하여간 〈기억〉과 〈반항아〉에게 감사의 뜻을 전하고 싶구나.」 여왕개미는 말을 마치자마자, 몸을 돌려 또다시 대피 명령을 내렸어. 「모두들 대피하라! 대피하라!」 그러고는 곧장 개미집을 떠난 개미들의 대열에 합류했단다.

해가 서쪽으로 뉘엿뉘엿 질 무렵, 달팽이는 길을 가던 도중에 만난 딱정벌레들에게도 그 사실을 알려 주었어. 그러자 딱정벌레들도 달팽이의 느린 움직임에 고마움을 표했지. 만약에 달팽이가 도마뱀이나 메뚜기처럼 빨랐다면 그 장면을 보지도 못했을뿐더러, 자기들에게 알려 주지도 못했을 테니까 말이야.

말을 마치자마자 딱정벌레들은 서둘러 굴에서 빠져나와 공 모양의 식량을 굴리며 멀어져 갔어.

이제 어엿한 이름도 갖게 되었고, 달팽이들이 왜 그렇게 느린지도 알아냈으니, 반항아는 바라던 목적을 다 이룬 셈이었지. 그런데 이제 너무 지쳐서 한 발짝도 움직일 수가 없었어. 그래서 달팽이는 친구들에게 가기 전에 잠시 쉬어 가기로 했단다. 위험이 닥쳐오는 걸 전혀 모르고 있는 달팽이들은 그 순간에도 관습대로 납매나무 아래에 옹기종기 모여 함께 밥을 먹고 있었지. 몸을 움츠려 껍질 속으로 들어가려던 달팽이는 들판의 밤 동물들이 분주하게 움직이고 있다는 것을 알아차렸어.

햇빛을 무서워하는 지렁이들은 흔적을 남기고 어디론가 자취를 감추었고, 반딧불이들은 애벌레들이 무사히 도망갈 수 있도록 빛을 비춰 주며 낮게 날아가고 있었어. 그리고 쪼그마한 청개구리들은 물웅덩이를 찾아 어디론가 폴짝폴짝 뛰어가고 있었지.

먼 길을 오느라 지친 달팽이는 졸음이 쏟아져 정신이 가물가물해지기 시작했어. 잠깐 눈이라도 붙이려는데, 풀 밑에서 희미한 소리가 들려오더래.

「이 주변 사람들의 입에 오르내리는 달팽이가 바로 너니?」 그 목소리가 말했어.

「응. 그런데 넌 누구니?」 달팽이도 나직한 목소리로 말했지.

바로 그때, 그가 있던 곳의 바닥이 조금씩 솟아오르기 시작하더니, 얼마 안 가 주변의 풀이 흙더미에 덮이고 말았어. 그 틈으로 뾰족한 코를 가진 동물이 얼굴을 빼꼼 내미는 거야.

「난 두더지란다. 여긴 들판 위를 날아다니는 이들도 있고, 풀밭을 헤치고 지나가는 이들, 그리고 땅속으로 다니는 이들도 있지. 그런데 인간들이 시꺼먼 얼음처럼 생긴 걸로 여길 뒤덮고 있다는 게 사실이야?」

달팽이는 안타깝지만 사실이라고 대답해 주었지.

달팽이에게 고맙다는 인사를 마친 두더지는 재빨리 흙 속으로 기어 들어가더니, 다급한 목소리로 더 깊게 굴을 파라고 친구들에게 말했어.

어엿한 이름도 갖게 되었고, 달팽이들이 왜 그렇게 느린지에 대해 점차 많은 걸 깨닫게 된 반항아는, 이제 다시 잠을 자려고 준비를 했단다. 그런데 눈을 감기만 하면 수많은 물음들이 연이어 떠오르는 바람에 쉬이 잠을 이룰 수가 없었어.

〈친구들이 행여 내 말을 믿어 주지 않으면 어쩌지? 납매나무 아래 모여 있는 달팽이들이 내 말을 정신 나간 소리로 받아들이면 어쩐다지? 전에 내가 달팽이들이 왜 그렇게 느린지 알고 싶고, 이름을 갖고 싶다고 했을 때처럼 말이야. 그 반대로 그들이 내 말을 믿고, 우리의 보금자리, 《민들레 나라》를 잃을 수밖에 없다는 점을 받아들인다면 그땐 어떻게 해야 할까? 그럼 우린 어디로 가야 되는 거지?〉

# 7

자기들에게 곧 어떤 일이 닥칠지도 모른 채 납매나무 아래 모여 오순도순 이야기꽃을 피우고 있던 달팽이들은 그들에게 다가오는 달팽이를 향해 고개를 돌렸단다.

「큰소리치더니만 그리 멀리 가지도 못한 모양이로구나.」 나이 많은 달팽이가 한심하다는 표정을 지으며 말했어.

「배가 고파서 온 거니, 아니면 또 궁금한 게 있어서 온 거니?」 또 다른 달팽이가 민들레 이파리를 뜯어 먹으면서 비아냥거렸어.

「지난번에 넌 이름을 얻을 때까지, 그리고 우리가 왜 그렇게 느린지 알아낼 때까지 안 돌아온다고 했잖아?

아직도 우리에게 할 말이 남은 거야?」 또 다른 달팽이가 딴청을 부리며 끼어들었지.

자기에게 쏟아지는 차가운 눈초리를 애써 외면하면서 반항아는 느릿느릿, 아주 느릿느릿하게 그들에게 다가갔단다. 납매나무 아래 드리워진 그늘에 다다르자, 그는 〈기억〉이라는 거북이를 만난 이야기를 들려주었지.

「아, 그래? 참 재미있는 애들끼리 만났군! 너 같은 느림보가 느리기로는 오십보백보인 녀석을 만나다니 말이야. 그래서 뭘 했는데? 누가 빨리 가나 시합이라도 한 거야?」 늙은 달팽이들 중 하나가 빈정대는 투로 말했어.

단단히 미운털이 박힌 달팽이는 갖은 모욕을 받았지만 죄다 무시하고, 자기 눈으로 본 그대로 말해 주었단다. 인간들이 다짜고짜 들판으로 쳐들어오더니 숨 막힐 정도로 시꺼멓고 끈적끈적한 덩어리로 바닥을 뒤덮어 버리더라고 말이야. 그 모습을 보니까 너무 무섭기도 하고, 슬프더라는 말까지 덧붙였어. 이번만큼은 달팽이들도 그가 하는 말에 귀를 기울였지. 젊은 달팽이들은 잔뜩 긴장하는 표정이 역력한 반면 나이가 많은 달팽이들은 매우 못마땅한 기색이었어. 그 일로 인해 권위를 잃을까 봐 걱정스러웠던 거야.

「그런데 우리들 중에서 네가 말한 걸 본 달팽이들은 아무도 없어. 더구나 너희들도 잘 알겠지만, 거북이들은 없는 일을 꾸며 내는 데 천부적인 재주를 가진 녀석들이라고.」 그들 중 어떤 달팽이가 탐탁지 않은 표정을 지으며 말했어.

「설사 네 말이 맞다고 쳐도, 인간들이 우리가 있는 이곳까지 쳐들어올지 누가 알겠어?」 나이 많은 달팽이들 중 또 다른 이가 나서며 말했어.

「어떤 일이 있어도 우린 이 납매나무를 떠나지 않을 거다. 절대로 민들레 나라를 떠나는 일은 없을 테니까 두고 봐.」 또 다른 늙은 달팽이가 단언하듯 말했어.

이번에는 반항아도 순순히 물러서지 않았단다. 그리고 들판에 사는 다른 동물들이 지금 어떻게 하고 있는지 말해 주었지. 개미들과 딱정벌레들, 그리고 지렁이들과 두더지들도 모두 집을 버리고 도망가고 있다고 말이야. 그러니 달팽이들도 어서 이곳을 피해야 한다고 목소리를 높였지.

「보자 보자 했더니, 눈에 뵈는 게 없는 모양이로구나! 정말 골칫덩어리 반항아일세. 네가 한 말이 사실이라면 이 자리에서 증거를 내놓든지, 아니면 입 닥치고 당장 여길 떠나거라.」 그들 중 나이가 가장 많은 달팽이가 화를 참지 못하고 고함을 질렀어.

반항아는 잠시 생각에 잠겼지. 저 노인을 설득시키려면 들판의 다른 동물들이 먹을 것과 가재도구를 잔뜩 지고 도망가는 모습을 보여 줘야 할 텐데, 달팽이들이 느림보라는 점을 감안하면 아무래도 그들을 따라잡기가 불가능할 것 같았거든. 그 순간 납매나무의 가지에서 하늘 높이 치솟은 꽃줄기가 눈에 들어오는 거야. 〈맞아! 촘촘히 난 자줏빛 꽃잎에 올라가면 다 보이겠지.〉

「그럼 저랑 저기로 올라가 봐요.」 달팽이가 소곤거리듯 말했어.

반항아는 느릿느릿, 아주 느릿느릿하게 나무를 타고 바람에 살랑살랑 흔들리는 꽃줄기 쪽으로 올라가기 시작했단다. 그러자 젊은 달팽이들 몇몇이 그의 뒤를 따라갔어. 나이가 많은 달팽이들도 권위를 잃지 않으려고 몇몇이 그 뒤를 따라 올라갔지.

달팽이 걸음이 워낙 느리다 보니 꽃줄기에서 가장 높은 곳까지 가는 데 한참이 걸렸어. 더군다나 꽃잎이 가볍게 흔들리는 바람에 매달려 있기도 쉽지 않았단다. 힘들게 자리를 잡은 다음, 눈이 달린 더듬이를 길

게 빼고 들판 끄트머리 쪽을 내려다보았는데…… 도저히 믿을 수 없는 광경이 펼쳐지고 있는 거야.

반항아는 그때 〈기억〉이 한 말을 힘겹게 떠올리면서 달팽이들에게 말했어. 「인간들 옆에 이상하게 생긴 것들이 있죠? 그게 바로 기계라는 거예요. 그리고 연기가 자욱해서 저 경계 너머로 잘 안 보이죠? 저 연기는 시꺼먼 덩어리에 깔려 풀이 타면서 생기는 거예요. 저 꺼먼 덩어리는 처음엔 진흙탕처럼 끈적끈적하고 물렁물렁하지만, 시간이 지나면 바위처럼 단단해져서 무엇으로도 뚫을 수가 없답니다.」

「굉장히 가까이 왔군.」 가장 나이 많은 달팽이가 말했어. 그러나 조금 전처럼 의기양양하던 말투는 온데간데없이 사라지고 잔뜩 겁에 질린 목소리였지.

「달아나자! 지금 당장 달아나야 해!」 젊은 달팽이들이 갑자기 고함을 지르기 시작했어. 달팽이들은 느릿느릿, 아주 느릿느릿하게 나무를 내려갔단다.

납매나무에서 내려온 달팽이들은 위험을 알려 준 반항아를 존경의 눈빛으로 바라봤어.

「네 말이 옳았어. 집을 떠나 많은 걸 배운 모양이로구나. 하여간 우리 모두가 안전하게 피할 수 있도록 네가 앞장서 주어야겠다. 참, 이름을 갖게 될 때까지 돌아오지 않는다고 했지? 이름은 얻었니?」 가장 나이가 많은 달팽이가 한결 누그러진 목소리로 물었어.

「제 이름은 저 꽃줄기로 올라가기 전에 할아버지가 이미 말씀하셨던 거예요. 〈반항아〉. 그게 제 이름이랍니다. 〈기억〉이라는 거북이가 지어 준 이름이죠.」

「이제 어디로 가면 될까?」 젊은 달팽이가 물었어.

「당장은 아쉽지만 민들레 나라를 떠나야 해. 하지만 너무 실망할 필요는 없어. 다른 곳을 찾으면 되니까 말이야. 자, 우리 모두 기운 내고, 새로운 민들레 나라를 향해 떠나도록 해요!」 반항아가 말했어. 하지만 전보다 훨씬 더 자신감 넘치는 모습이었지.

정든 고향을 버리고 떠나는 달팽이들은 아쉬움을 뒤로 한 채 느릿느릿, 아주 느릿느릿하게 납매나무에서 멀어지기 시작했단다.

# 8

달팽이들은 느릿느릿, 아주 느릿느릿하게 풀밭을 헤치면서 가고 있었어. 하지만 다들 침울한 표정이었지. 마음이 너무 무거웠던 탓인지, 평소에는 아무렇지도 않던 껍질이 천근만근 무겁게만 느껴지는 거야. 다들 서글프고 불안했지만, 겉으로는 아무 내색도 하지 않았지. 꽤나 오래 걸었는지 이젠 뒤를 돌아봐도 정든 납매나무가 보이지 않았어. 그런데 그때 어떤 달팽이가 이상한 느낌이 들어 자세히 살펴보니, 지금 자기들이 들판 끄트머리 쪽, 그러니까 인간들이 있는 곳으로 가고 있더라는 거야.

「잠깐만. 너 지금 어디로 가고 있는 거야? 이쪽으로 가면 위험한 곳이 나오잖아!」 그의 말을 듣자, 그때까지 잠자코 있던 달팽이들이 술렁거리기 시작했어.

반항아는 가던 길을 멈추고 달팽이들에게 설명해 주었지. 이 들판에서 가장 오래된 너도밤나무에 사는 새들과 다람쥐들은 해가 지는 방향으로 난 나뭇가지에 보금자리를 틀고, 토끼들과 개구리들도 마찬가지라고 말이야.

「이 들판에 사는 많은 이들은 몸속으로 전해지는 따스한 햇볕을 고맙게 여긴답니다. 말은 안 해도 말이에요. 심지어는 꽃들도 마지막 온기를 간직하려고 천천히 꽃잎을 접지요. 그런데 늘 그늘진 곳에 사는 우리들은 해가 지는 모습을 보려고 잠시 멈춰 서지도 않아요.」 반항아가 말했어.

「지금 뭔 소릴 하는 거야? 우린 몸이 축축해야 살 수 있으니까 햇빛을 피하는 건 당연하지. 그건 그렇다 치고, 왜 하필이면 인간들이 있는 곳으로 우리를 끌고 가는 거냐고?」 그의 말이 끝나기도 전에 나이가 가장 많은 달팽이들 중 하나가 따지듯 물었지.

「제가 자초지종을 말씀드릴 테니까 한번 들어 보세요. 저는 〈기억〉이랑 같이 돌아다니면서 인간들의 행동을 유심히 관찰했답니다. 그들은 나무와 돌을 이용해서 자기들이 살 껍질 — 그들은 그걸 집이라고 하

더군요 — 을 지어요. 그러고 난 다음 끈적끈적하고 시커먼 걸로 그 맞은편 땅까지 덮어 버리지만, 더는 넓히지 않는다는 사실을 알아냈어요. 아마 인간들도 해가 벌건 불구덩이 둥지 안으로 내려앉는 모습을 바라보는 걸 좋아하나 봐요.」

「아마! 아마! 넌 어째 말끝마다 아마냐! 그러니까 이대로 널 따라가면 우리가 한 번도 본 적 없는 그런 곳에 아마 도착하게 될 거란 말이지. 자기도 잘 모르는 녀석이 어떻게 우리를 안전한 곳으로 데려다주겠다고 큰소리쳤단 말이냐.」 나이 많은 달팽이가 화가 머리끝까지 나서 고함을 질렀어.

「내 생각인데, 저 납매나무를 떠나지 않는 게 어쩌면 더 나을 뻔했어. 어쩌면 인간들이 그곳까지 오지 않을지도 모르니 말이야. 그러니까 어쩌면 더 이상 헤매지 말고 빨리 그곳으로 돌아가는 게 좋을지도 몰라.」 나이 많은 달팽이들 중 하나가 말했어.

「그래, 맞아! 지금 당장 우리가 살던 곳으로 돌아가자고요!」 그동안 불안했지만 차마 내색을 못하던 달팽이들이 그 틈을 타서 이구동성으로 외쳤단다. 그러자 달팽이들의 의견이 둘로 갈라지게 되었지. 그들 중 나이가 많은 달팽이들은 대부분 납매나무가 있는 곳을 향해 느릿느릿, 아주 느릿느릿하게 걸음을 옮기기 시작했어. 반면 젊은 달팽이들은 반항아가 있는 곳으로 더듬이를 돌려 그의 입에서 무슨 말이든 나오기만을 기다렸지.

「어르신들의 말씀이 맞아요. 솔직히 말해서 우리가 새로운 민들레 나라를 찾을 수 있을지는 아무도 장담할 수 없어요. 그것이 어디에 있는지, 그리고 여기서 얼마나 더 가야 되는지도 모르니까요. 더구나 가는 도중에 우리가 어떤 위험에 부딪힐지, 그리고 여기 있는 모든 분들이 다 같이 갈 수 있을지도 모른답니다. 하지만 한 가지 확실한 것은, 우리가 찾는 새로운 민들레 나라는 앞에 있지, 뒤에 있지는 않다는 점이에요. 어떤 일이 있어도 저는 계속 앞으로 나아갈 겁니다. 그러니 여러분은 저와 함께 가든지, 아니면 우리가 살던 곳으로 돌아가든지 알아서 결정하세요.」

말을 마친 반항아는 느릿느릿, 아주 느릿느릿하게 앞으로 나아갔단다. 얼마 지난 뒤, 뒤를 돌아봤더니 놀라운 일이 벌어지고 있었지. 모든 달팽이들이 뒤를 따라오고 있었던 거야. 하지만 반항아는 뒤를 따라오는 많은 달팽이들을 보고서도 뿌듯하거나 행복하지 않았어. 그때만 하더라도 차라리 저들이 안 따라오기를 내심 바라고 있었거든. 혼자 있으면 자기 운명만 책임지면 그만일 테니까. 그럼에도 달팽이들은 내심 그를 믿고 있었던 모양이야. 그러자 그는 덜컥 겁이 났단다. 하지만 다행히 〈기억〉이 들려준 말이 떠올랐어. 진정한 반항아라도 두려움을 느낄 때가 있지만, 맞서 싸워 이겨 낸다고 말이야. 반항아는 그의 말을 되씹으면서 느릿느릿, 아주 느릿느릿하게 풀밭을 헤치고 나아갔어.

# 9

달팽이들이 시꺼멓고 단단한 띠 모양, 인간들이 길이라고 하는 곳에 도착했을 무렵, 들판의 풀들과 야생화들은 이미 어스름 속으로 자취를 감추었단다.

「어쩐지 기분이 오싹한데. 저길 봐. 시커멓게 덮인 곳 위에서는 아무것도 안 자라잖아.」 어떤 달팽이가 몸을 부르르 떨며 말했어.

「이제 어떡하지?」 다른 달팽이가 잔뜩 겁먹은 표정으로 말했지.

「일단 인간들이 잠들 때까지 기다려야 해요. 저번에 〈기억〉이 내게 알려 주었거든요. 어두워지면 우린 껍질 속으로 들어가 잠을 자잖아요? 마찬가지로 인간들도 밤이 되면 집이라고 하는 곳에 들어가 잔대요.」 반항아가 달팽이들에게 말했어.

인간들의 집에는 구멍이 나 있었는데, 그 안에 반딧불이들이 모여 있기라도 한 것처럼 환한 빛이 쏟아져 나오고 있었어. 먼 길을 오느라 배가 고팠던 달팽이들은 길 주변에 난 풀을 허겁지겁 뜯어 먹었지만, 더 이상 먹을 수가 없었단다. 풀에서 이상한 맛이 났던 거지. 시꺼먼 길에서 뿜어내는 악취가 배어 버렸는지 풀에서 역겨운 냄새가 나는 거야.

집에 켜져 있던 불이 모두 꺼지자 밤하늘의 별들이 한층 더 밝게 빛났어. 다들 조용히 하라는 신호 같았지. 밤이 갈수록 길어지고 있는 데다 공기가 차가워지고 있었기 때문에 한시라도 빨리 새로운 민들레 나라를 찾는 게 급선무였지. 더구나 곧 몰아닥칠 서리와 눈을 이겨 내고 무사히 겨울잠을 자려면 그 전에 잘 먹어 둬야 했어. 생각이 거기에 미치자 반항아는 갑자기 마음이 급해졌단다.

「자, 그럼 모두 출발해요!」 말을 마친 반항아는 제일 먼저 시꺼멓고 단단한 땅 위로 올라갔어. 조금 전까지만 해도 풀로 뒤덮여 있던 들판이었는데…….

땅 표면은 딱딱하고 까칠까칠한 느낌이 드는 데다, 코를 찌르는 악취 때문에 후각이 마비될 것만 같았어.

하지만 바닥이 들쭉날쭉한 데가 없이 평평해서 힘들게 기어오르거나 멀리 돌아갈 필요가 없었지. 그 덕분에 달팽이들도 느릿느릿, 아주 느릿느릿하지만 크게 힘들이지 않고 움직일 수 있었단다.

「따뜻한 온기가 느껴지는데.」 어떤 달팽이가 속삭이듯 말하면서 자리에 멈추었지.

「맞아. 몸속으로 따스한 온기가 전해지는군.」 다른 달팽이도 걸음을 멈추면서 말했어.

「몸에 온기가 도니까 너무 좋은걸. 일단 여기서 시간을 보내다가, 나중에 해가 뜨고 나서 움직이는 게 어때?」 세 번째 달팽이가 물었어. 그 순간 〈기억〉이 했던 말이 반항아의 머릿속에 문득 떠올랐단다. 이 바닥은 색이 검어서 햇빛을 반사하지 않고 그대로 간직하는 거라고 말이야. 그런데 바로 그게 함정이라고 했지. 〈기억〉은 들판에 사는 이들 중 고슴도치를 예로 들어 설명해 주었어. 가끔 고슴도치들은 메마른 땅에서 올라오는 온기에 취해 그대로 잠이 드는 바람에 인간들이 타고 움직이는 거대한 동물들의 손쉬운 먹잇감이 되고 만다는 거야.

「그건 절대로 안 돼. 좀 피곤하더라도 안전한 곳에 다다를 때까지 쉬지 않고 가야 해.」 반항아가 달팽이들을 설득하려는데, 갑자기 땅을 뒤흔드는 굉음이 울리는 거야. 너무 놀란 나머지 그는 온몸이 얼어붙은 듯했어.

길 저쪽으로부터 뭔가가 커다란 눈에서 강렬한 빛을 뿜어내며 빠르게 다가오고 있었던 거야. 그 순간 눈이 부셔 앞을 볼 수가 없었지만 무시무시한 짐승이 그들 곁을 쏜살같이 지나갔어. 그런데 그 직후 주변을 살펴보니 달팽이들 여럿이 보이지 않는 거야.

모두들 공포에 질려 몸을 부들부들 떨고 있었어. 반항아도 무섭기는 마찬가지였지만, 그렇다고 넋 놓고 있을 수도 없었지. 그래서 그 무시무시한 괴물이 또 오기 전에 어서 움직이라고 달팽이들에게 다급한 목소리로 말했단다.

다들 반항아의 지시에 따르긴 했지만 겁에 질린 터라 평소처럼 움직이는 것조차 힘들었어. 「그냥 남아 있을걸. 공연히 따라 나서서 사서 고생을 하는구먼.」 달팽이들은 들릴락 말락 한 소리로 투덜거렸지. 힘겹게 길을 건넌 그들은 냉기가 도는 둥그런 동굴을 하나 발견했는데, 그곳에는 가는 물줄기가 쫄쫄 흐르고 있었어. 여전히 두려움에 떨고 있었지만, 큰 위기를 넘기고 나자 그동안 쌓인 피로가 한꺼번에 몰려오기 시작했지. 그들은 곧장 동굴 벽에 몸을 붙이고 잠이 들었어.

다들 곯아떨어졌지만, 반항아는 눈을 붙일 틈조차 없었단다. 대신 그는 동굴 입구에 서서 눈이 달린 더듬이를 두리번거리며 어둠 속을 응시하고 있었어.

하지만 반항아도 쏟아지는 졸음을 이길 수는 없었지. 그래서 잠깐이라도 눈을 붙이려고 껍질 속으로 몸을 밀어 넣으려는 순간 또다시 차가운 밤공기를 뒤흔드는 소리가 들리는 거야. 깜짝 놀라 앞을 보니 커다란 새 한 마리가 동굴 입구에 앉아 있었어.

「달팽이로구나. 그렇게 겁낼 필요 없단다.」 새가 말했어.

반항아는 느릿느릿, 아주 느릿느릿하게 동굴 밖으로 나갔단다. 가까이 다가가 보니 그 새는 가장 오래된 너도밤나무 꼭대기에서 만났던 바로 그 수리부엉이였어.

「수리부엉이님도 나는군요. 지금까지 본 것 때문에 몸이 무거워져서 못 난다고 하셨잖아요. 그럼 이젠 몸이 가벼워진 건가요?」

「아니. 오히려 전보다 더 무거워진걸. 하지만 지금은 어쩔 수 없이 나는 거란다.」 수리부엉이는 가슴 저미는 슬픔을 감추려고 얼굴을 날개 아래로 묻으면서 말했어. 수리부엉이가 전해 준 말에 따르면, 들판에 있는 어떤 이들보다도 더 빠른 인간들과 기계들이 어느 날 갑자기 쳐들어오더니 세 그루의 너도밤나무를 모두 베어 버렸다는 거야.

「그럼 납매나무는요?」 반항아가 다급하게 물었어.

「그것도 베어 버리고 말았단다. 들판에서 우리가 알고 지내던 것들은 거의 다 사라지고 말았어.」 수리부엉이가 침울한 표정으로 말했어.

「그래도 우리 달팽이들은 다행히 이 동굴로 피한 덕분에 무사하잖아요.」 반항아가 힘없는 목소리로 말했지.

「이건 동굴이 아니란다. 그리고 여긴 절대 안전한 곳이 아니야.」 수리부엉이의 표정이 갑자기 굳어졌어. 수리부엉이의 말에 따르면, 그들이 있는 곳은 동굴이 아니라 인간들이 만든 물건 속이라는 거야. 굵고 긴 지렁이처럼 생긴 것 끝에 쇠로 된 입이 달려 있는데, 인간이 명령만 내리면 그곳으로 물이 쏟아져 나온다는 거지.

「이젠 모든 게 끝장이로군요. 전 결코 달팽이들을 새로운 민들레 나라로 데려다주지 못할 거예요. 제가 수리부엉이님만큼 아는 것이 많았다면……. 하지만 저는 그저 느린, 그것도 아주 느린 달팽이에 지나지 않는걸요.」

「내가 주변을 관찰하고 뭔가를 파악할 줄 아는 건 타고난 본성이란다. 달팽이 네게도 좋은 점이 얼마나 많은데, 이렇게 느리다고 한탄만 하고 있어서야 되겠니? 내가 〈반항아〉라는 이름의 달팽이를 알게 된 것도 따지고 보면 네가 몇 걸음 가다가 뒤에 누가 쫓아오는지 보려고 고개를 돌리는 거북이처럼 느린 덕분 아니겠니. 넌 코앞에 닥친 위험을 다른 이들에게 알려서 그들을 구하려고 애를 쓰는 용감한 달팽이란다. 그러니 반항아야, 절대 포기해서는 안 된다. 여기서 빠져나갈 수 있도록 내가 도와줄 테니 다시 한 번 용기를 내봐.」

서서히 어둠이 걷힐 무렵, 동굴 안에 있던 달팽이들은 수리부엉이의 지시에 따라 나뭇조각에 몸을 붙이고 있었단다. 그러곤 수리부엉이가 날개를 쫙 편 다음, 빠르게 몇 걸음 내디디면서 날갯짓을 하고, 또 다리를 모아 몸속에 집어넣은 채 하늘 높이 치솟는 모습을 숨죽이면서 지켜보고 있었지.

수리부엉이는 커다란 날개를 활짝 편 채 하늘을 몇 바퀴 돌더니, 하강 기류를 타고 달팽이들이 붙어 있는 나뭇조각을 향해 쏜살같이 내려오기 시작했어. 그리고 곧장 날카로운 발톱으로 나뭇조각을 붙잡은 다음, 다시 하늘로 올라갔단다. 나뭇조각이 생각보다 무거웠기 때문에 수리부엉이도 있는 힘껏 날개를 퍼덕거려야만 했어.

생전 처음 하늘 높이 올라간 달팽이들은 눈앞에 펼쳐지는 신기한 장면에 놀라 눈이 휘둥그레졌지. 제일 먼저 빙긋 웃으며 환한 얼굴을 드러내는 해님이 보였어. 그리고 용기를 내서 눈이 달린 더듬이를 껍질 밖으로 빼꼼 내밀고 아래를 내려다보았지. 하지만 저 아래로 보이는 광경은 차마 눈 뜨고 못 볼 정도로 참혹했단다. 그들을 내쫓은 시꺼먼 길이 들판의 대부분을 뒤덮어 버리고 만 거야. 그들이 살던 아름다운 보금자리가 인간들 때문에 하루아침에 사라져 버린 거지.

수리부엉이는 한참 동안 하늘 위를 날아다녔어. 처음 하늘을 나는 달팽이들에게는 굉장히 긴 시간처럼 느껴졌지. 하여간 땅과 나무들, 그리고 은빛으로 반짝이는 개울이 그들의 눈앞을 빠르게 지나가는데, 현기증이 다 날 지경이었어. 그도 그럴 것이 들판에서 가장 느림보인 달팽이들로서는 이렇게 빠르게 움직이는 광경을 한 번도 본 적이 없었을 테니까 말이야. 그러던 어느 순간, 수리부엉이는 땅을 향해 빠르게 내려가더니 커다란 나무들이 늘어선 곳 가까이에 나뭇조각을 살며시 내려다 놓았단다.

「여긴 밤나무 숲이란다. 인간들이 여기까지 온다 해도 이 숲을 모두 없애려면 한참 걸릴 거야. 쓰러진 나무둥치에 자라는 이끼를 지나 계속 앞으로 가다 보면 언젠가 빈터에 도착할 거란다. 그곳엔 풀과 야생화들이 자라고 있을 거야. 하지만 최대한 서둘러야 해. 나뭇잎이 하나둘씩 떨어지고 있는 데다, 조만간 추위가 몰아닥치면서 사방이 눈으로 덮일 테니까. 내가 너희들을 빈터까지 데려다줄 순 없단다. 그러면 나도 힘이 빠져 더 이상 날 수 없을 테니까 말이야.」

달팽이들은 수리부엉이가 도와준 것에 대해 고마운 마음을 전했어. 그러곤 수리부엉이가 나무 꼭대기 쪽으로 사라지는 모습을 말없이 지켜보았지.

「우리 다시 힘을 내서 출발하도록 해요.」 반항아는 희망에 찬 표정으로 달팽이들에게 말한 뒤, 밤나무를 뒤덮은 첫 번째 초록빛 이끼가 있는 곳을 향해 앞장서서 갔단다.

# 10

느릿느릿, 아주 느릿느릿하게 숲속으로 들어간 달팽이들은 온갖 종류의 낙엽으로 뒤덮인 땅을 지나가고 있었어. 꿀과 같은 빛깔을 띠고 있는 낙엽들이 있는가 하면, 거무튀튀한 색깔의 낙엽들도 있었지. 그리고 원래의 모습을 온전하게 간직한 낙엽도 있었지만, 형체를 알아보기 어려울 정도로 부서져 버린 낙엽도 있었어. 희한하게도 풀은 보이지 않더군. 다만 잘린 나무의 굵은 밑동 주변으로 관목들과 키 작은 식물들이 자라고 있는 걸 봐서는, 예전에 이 자리에서 과일들이 많이 열렸던 모양이야. 월귤나무였을지도 모르지. 달팽이들은 그 열매를 먹었을 때 입안에 감돌던 맛이 기억 속에 떠오르자 자기도 모르게 미소를 지었단다.

하지만 반항아는 그들처럼 한가하게 추억에 잠길 여유가 없었어. 느릿느릿, 아주 느릿느릿하게 움직이는 도중에도 그는 오로지 쓰러진 나무둥치를 덮고 있는 초록빛 이끼에만 온 정신을 쏟고 있었으니까. 그러나 당장 부족한 식량을 어떻게 해결해야 할지 걱정이 앞섰어. 모두들 너무 굶주리고 지친 상태였거든. 새로운 민들레 나라를 찾고 싶은 마음 하나로 근근이 버티어 왔지만, 낙엽이 우수수 떨어지자 달팽이들도 본능적으로 불안해하기 시작했어. 왜냐하면 달팽이들이 정상적으로 수정을 하려면 추운 겨울이 오기 전에 안전한 곳, 그러니까 축축하고 어두운 곳을 찾아야 하기 때문이야.

들판에 사는 다른 이들은 겉모습만 봐도 암수를 쉽게 구별할 수 있어. 가령 수컷 거미들은 왜소한 반면, 암컷 거미들은 덩치가 훨씬 크다든가 하는 식이지. 그런데 달팽이들은 신기하게도 껍질 속에 그 두 가지를 다 가지고 있단다. 그래서 그 둘이 합쳐지면서 알을 낳게 되는 거지.

보통 서리와 눈이 내릴 무렵이면 생식 기능이 활발해져서 달팽이들은 종족을 번식하려는 강한 본능을 느끼기 마련이야. 그때 달팽이들은 마치 의식을 치르

듯이 느릿느릿, 아주 느릿느릿하게 더듬이를 비빈 다음, 번식을 위한 준비를 하지. 짝짓기를 할 때 먼저 한 달팽이가 다른 달팽이의 몸속에 아주 작은 양의 정자를 넣어 주고 나면, 곧바로 그 달팽이가 첫 번째 달팽이 몸속에 정자를 넣어 준단다. 그래서 두 달팽이가 모두 수정란을 갖게 되는 셈이지. 그러고 나면 흙 속에 구멍을 파서, 둥근 집을 만들고 그 안에 알을 낳는 거야. 굳이 땅속 깊이 구멍을 파는 이유는 부화를 위해서 적절한 습도와 그늘이 필요할 뿐만 아니라, 포식자들로부터 알을 보호하기 위해서란다.

반항아는 그 시기가 다가오고 있음을 직감적으로 알아차렸지. 우선 짝짓기를 할 수 있는 안전한 장소와 먹을 것을 찾는 것이 급선무였어.

나무와 초록색 이끼들이 느릿느릿, 아주 느릿느릿하게 그의 눈앞으로 지나갔어. 갈수록 몸이 무거워지는데, 수리부엉이가 말한 그 빈터는 아직 까마득하게만 보이는 거야.

그들은 숲에 짙은 어둠이 깔릴 때까지 계속 걸어갔어. 그토록 짙은 어둠을 본 적이 없던 달팽이들은 눈이 달린 더듬이를 길게 빼고 사방을 두리번거렸지만 별빛조차 보이지 않았단다.

「이젠 나무둥치의 이끼도 안 보이네요. 일단 날이 밝을 때까지 여기서 쉬어 가도록 하죠.」 반항아가 힘없는 목소리로 말했어.

「그래 봤자 무슨 소용이 있겠어. 우린 절대로 새로운 민들레 나라를 찾지 못할 거야.」 한 달팽이가 땅이 꺼져라 한숨을 내쉬며 말했어.

「우리더러 그 수리부엉이 영감의 말을 믿으라는 거야? 그 노인이 널 속인 거라고, 멍청아.」 이번에는 또 다른 달팽이가 따지고 들었지.

「나뭇잎 아래 숨어 있으면 오늘 밤 동안은 안전할 거예요.」 반항아가 말했지만, 달팽이들 중 몇 명만 그의 말을 들었을 뿐이란다. 나머지 달팽이들은 너무 굶주리고 피곤한 나머지 자기 껍질을 제외하고는 다른 숨을 곳도 마련하지 않은 채 곧장 잠이 들어 버렸지.

아침 햇살이 나뭇잎 사이로 희미하게 스며들자 반항아와 달팽이들은 하나씩 둘씩 나뭇잎 밖으로 빠져나왔어. 하지만 눈앞에 벌어진 장면을 목격한 그들은 감당할 수 없는 충격에 빠지고 말았어. 미처 나뭇잎 아래로 몸을 숨기지 못한 달팽이들이 껍질만 덩그마니 남아 있었던 거야. 사실 그들은 그 숲이 어떤 곳인지, 그리고 그곳에 누가 사는지조차 몰랐기 때문에 어

떤 위험이 닥칠지 전혀 생각을 못 했던 거지. 살아남으려면 한시라도 빨리 수리부엉이가 말한 빈터로 가는 수밖에 없었어.

달팽이들은 느릿느릿, 아주 느릿느릿하게 반항아의 뒤를 따라갔단다. 하지만 너무 굶주리고 지친 나머지 어떤 달팽이들은 마지막 의욕마저 잃고 말았지. 그렇게 계속 가느니 차라리 껍질 속으로 기어 들어가 꿈과 희망을 모두 버리고 영원히 잠들고 싶었던 거야.

「저기서 민들레 나라가 우릴 기다리고 있다고요. 우린 반드시 민들레 나라로 가게 될 겁니다.」 반항아는 마지막 힘을 다해 소리를 질렀어. 어떤 일이 있어도 끝까지 갈 것이라는 강렬한 의지가 그의 말 속에서 불타오르고 있었단다.

# 11

달팽이들은 마침내 꿈에 그리던 숲의 빈터에 도착했단다. 하지만 추위가 그들을 앞질러 와 있었던 탓에, 풀에는 이미 서리가 뽀얗게 앉아 있었지.

반항아는 그들이 나뭇잎 아래에서 며칠 밤을 잤는지 기억도 나지 않았어. 한 가지 확실한 점은 정든 납매나무에서 함께 떠난 달팽이들 중 절반도 남지 않았다는 거야. 결국 젊은 달팽이들만 끝까지 그를 따라온 셈이지. 그런데 그곳에 도착하자마자 더듬이를 길게 빼고 사방을 두리번거렸지만, 그들의 눈에 보이는 거라곤 서리로 덮인 벌판뿐이었어.

빈터의 한가운데에는 나무의 굵은 밑동이 하나 버티고 있었는데, 모양새로 봐서는 사납게 몰아친 폭풍

우로 인해 쓰러진 것 같았어. 달팽이들은 느릿느릿, 아주 느릿느릿하게 그곳을 향해 다가갔단다. 가는 동안, 반항아는 수시로 고개를 돌려 그들이 따라오고 있는지 확인했지. 달팽이들이 지나간 자리에는 그들의 몸에서 흘러나온 끈적끈적한 액체가 허연 얼룩처럼 남아 있었어. 그건 그만큼 힘이 든다는 증거였지.

가까이 가서 확인해 보니 그 나무둥치는 달팽이들이 지내기에 안성맞춤이었어. 우선 그 아래로 들어가기도 힘들지 않은 데다, 그들이 사는 데 필요한 온기와 그늘이 있을 뿐만 아니라 그 주변으로 아직 서리를 맞지 않은 풀 몇 포기가 자라고 있었거든. 물론 달팽이들의 입맛에 딱 맞지는 않았지만, 그래도 영양가가 높은 풀이었지. 그들은 배가 불러 더 이상 먹지 못할 때까지 느릿느릿, 아주 느릿느릿하게 풀을 씹어 먹었단다.

달팽이들은 새 보금자리에서 첫 밤을 보냈어. 납매나무 아래에서 편히 살던 때가 까마득한 옛날처럼 느껴졌단다. 지칠 대로 지친 탓에 달팽이들은 그곳에서 계속 살지, 아니면 더 나은 집을 찾아 떠날지 더 이상 생각할 여력이 없었어. 반항아는 오래간만에 푹 자고 싶은 생각밖에 없었지. 그래서 천천히 껍질 속으로 들어가려던 순간, 그는 달팽이들의 몸에서 흘러나온 허

연 점액들이 서리 위에서 반짝거리면서 길처럼 쭉 이어진 모습을 바라보았어. 그리고 생각했어. 〈이것은 고통의 흔적이지만, 동시에 희망의 자취이기도 해.〉 그는 당장 달팽이들을 불러 그들이 남긴 자국을 보도록 했단다.

그사이 쉴 새 없이 눈과 서리가 내리고, 추위가 몰아닥쳤지만 달팽이들은 이에 아랑곳하지 않고 겨우내 깊은 잠에 빠져 있었어. 그렇게 자는 동안에는 느릿느릿, 아주 느릿느릿하게 숨을 쉬기 위해, 그리고 느릿느릿, 아주 느릿느릿하게 심장이 뛰게 하거나, 느릿느릿, 아주 느릿느릿하게 자라기 위해 굳이 힘을 쓸 필요가 없었지.

시간이 흘러 달팽이들은 마침내 긴 겨울잠에서 깨어났단다. 그들이 껍질 밖으로 천천히 몸을 내밀었을 때, 가장 먼저 눈에 띈 것은 바로 반항아였어. 그는 눈이 달린 더듬이로 들판을 바라보고 있었지. 높이 자라난 풀들이 그를 향해 손짓하고 있었고, 활짝 핀 야생화들이 환한 미소를 짓고 있었어. 그 정도면 달팽이들이 한동안 먹고도 남을 것 같았지. 그런데 그의 시선은 한참 전에 달팽이들이 지나가면서 남긴 허연 자국을 향하고 있었단다.

「저기 좀 보세요.」 반항아가 나직한 목소리로 중얼거렸어.

놀랍게도 길처럼 이어진 허연 자국을 따라 숲의 제일 앞에 늘어선 나무들에 이르기까지 민들레 이파리가 무수히 돋아나 있었단다.

「결국 해내고 말았구나! 우리를 무사히 민들레 나라로 데려왔으니 말이야.」 어떤 달팽이가 감격에 겨워 눈물을 글썽거리며 말했어.

「아니에요.」 반항아는 고개를 저으며 말했지. 「여러분을 이곳으로 데려온 건 제가 아니에요. 전에 이름을 갖고 싶다고 무작정 납매나무를 떠난 적이 있잖아요. 들판을 돌아다니면서 전 정말로 많은 걸 깨우칠 수 있었답니다. 특히 느림의 중요성을 말이죠. 그리고 아주 힘든 경험이긴 했지만 이번에도 아주 소중한 사실을 하나 깨닫게 됐어요. 민들레 나라는 저 먼 곳이 아니라, 우리 모두의 간절한 마음속에 있었다는 걸 말이에요.」 말을 마친 반항아는 친구들과 함께 맛있는 풀을 먹기 위해 느릿느릿, 아주 느릿느릿하게 들판으로 향했단다.

옮긴이의 말

# 껍질 속에서 바깥세상을 꿈꾸기

루이스 세풀베다가 2013년에 펴낸 작품 『느림의 중요성을 깨달은 달팽이*Historia de un caracol que descubrió la importancia de la lentitud*』는 또 한 번 우리의 삶에 대한 중요한 성찰의 기회를 제공하고 있다. 이 글은 단지 〈느린 삶의 미학〉만을 옹호하는 이야기도, 어린이들에게 삶의 지혜를 가르쳐 주는 동화도 아니다. 오히려 작가는 인간이 아닌 다른 이, 즉 〈달팽이〉의 눈에 비친 삶의 위기를 손자들에게 이야기해 주는 형식을 통해 삶의 〈관습〉을 전복시킨다. 이와 더불어 달팽이와 어린이의 세계를 결합시킴으로써 지금-여기에서 또 다른 세계를 사유할 수 있는 계기를 열어 주고 있다.

주인공인 달팽이의 눈을 통해서 본 인간의 삶은 지극히 단조롭다. 인간들은 관습이라는 틀에 매인 채, 〈평생 똑같은 일과 동작, 똑같은 행동을 되풀이〉한다. 사정은 달팽이들이라고 다르지 않다. 그들은 〈느리면 느린 대로, 조용하면 조용한 대로 그냥 체념하면서〉 살아간다. 그 누구도 달팽이들이 왜 그렇게 느린지, 왜 이름이 없는지 생각하지 않는다. 아니, 그런 생각 자체를 거부한다. 달팽이들은 자기들이 있는 곳이 〈세상에서 가장 안전하다〉고 믿고 있기 때문에 〈바깥세상〉을 꿈꾸지 않는다. 바깥이라는 관념조차 없는 그들에게 현실은 단지 주어진 것, 즉 가장 확실한 곳일 뿐이다. 어느 누구도 그 현실을 누가 규정했는지 의심하지 않는다. 그런 점에서, 달팽이들은 일상과 대중문화에 길들여진 — 체념한 — 채, 타인의 기억으로 하루하루를 살아가는 우리 인간들의 거울상이다. 이런 세계에서 관습이라는 삶의 틀을 의심하는 것은 모든 이들이 안주하면서 살아가는 일상을 뒤흔드는 불온한 행위이다. 결국 주인공 달팽이는 스스로 답을 찾기 위해, 경계 너머 〈바깥세상〉을 꿈꾸기 위해 홀로 먼 길을 떠난다.

길을 떠나기 전, 달팽이는 이 세상의 모든 것을 알

고 있다는 수리부엉이를 찾아간다. 달팽이들이 왜 그렇게 느린지 알고 싶어 하는 달팽이에게 수리부엉이는 〈기억〉이라는 무거운 짐을 지고 있기 때문이라고 대답해 준다. 하지만 그래도 자신의 궁금증을 해결하지 못한 달팽이는 느릿느릿, 아주 느릿느릿하게 길을 가다가 우연히 거북이를 만나게 된다. 〈기억〉이라는 이름을 가진 거북이는 〈인간의 망각〉으로부터 와서 전혀 모르는 곳으로, 불확실한 미래를 향해 무작정 가고 있는 중이었다. 그런데 그 거북이도 〈모든 걸 기억 속에 담아 두기 위해〉 몸집이 커지고 느려지게 된 것이라고 답해 준다. 따라서 거북이는 달팽이에게 망각에서 벗어나 기억을 되찾을 것을 제안한다. 그것은 〈지금까지 왔던 길을 되돌아〉가는 길임과 동시에 미래로, 〈계속 앞으로〉 나아가는 길이기도 하다. 그리고 그것은 기존의 관습을 넘어서서 새로운 세계를 꿈꾸는 〈반항〉을 의미하기도 한다. 거북이가 달팽이에게 〈반항아〉라는 이름을 붙여 준 것도 결코 우연이 아닌 것이다. 〈기억〉은 결국 〈반항〉이다. 세풀베다의 작품에 빈번하게 등장하는 〈잊지 말라, 용서하지도 말라〉라는 진술 또한 이러한 의미로 이해되어야 마땅할 것이다.

반항아는 〈기억〉이라는 거북이와 함께 〈세상의 끝〉에 도착한다. 거기서 그들은 인간들의 탐욕을 목격한다. 울창하던 숲도 들판도 인간들과 그들이 부리는 기계들에 의해 무참하게 파괴되고 만다. 반항아는 그 즉시 오던 길로 발걸음을 돌려, 개미들과 딱정벌레, 지렁이, 두더지 등 숲속의 친구들에게 곧 닥쳐올 위기를 알려 준다. 마지막으로 납매나무에 살고 있는 달팽이들을 찾아가 당장 대피할 것을 권한다. 하지만 현실에 안주하기를 원하던 달팽이들은 반항아의 말을 선뜻 믿지 못한다. 마침내 나무 꼭대기에 올라가 시커먼 아스팔트로 뒤덮인 숲길을 확인하고 나서야 그들은 반항아를 따라 길을 나선다. 반항아의 진정한 목적은 단지 위기를 피하려는 것이 아니라, 새로운 민들레 나라를 찾으려는 것이다. 새로운 세계를 꿈꾸는 것. 하지만 그들은 이내 불확실한 미래에 대한 두려움에 빠지고 만다. 반항아 또한 두려움에서 벗어날 수는 없었지만, 〈진정한 반항아라도 두려움을 느낄 때가 있〉다는 거북이의 말을 떠올리며 계속 그들을 이끈다. 〈저기서 민들레 나라가 우리를 기다리고 있다고요. 우리는 반드시 민들레 나라로 가게 될 겁니다.〉 도래할 미래에 대한 확신과 열정, 그리고 도래할 미래의 기억. 이것이야말로 우리의 자유로운 삶을 형성하는 원형질이 아닐까.

결국 〈꿈과 희망을 버리고 영원히 잠들고〉 싶던 유혹을 이겨 낸 달팽이들은 마침내 간절히 바라던 민들레 나라를 찾게 된다. 하지만 반항아에게 그 민들레 나라는 어디엔가 이미 존재하고 있던 특정한 공간이 아니다. 그것은 꿈과 희망으로, 그리고 열정으로 만든 〈바깥세상〉에 다름 아니다. 〈들판을 돌아다니면서 전 정말로 많은 걸 깨우칠 수 있었답니다. 특히 느림의 중요성을 말이죠. 그리고 아주 힘든 경험이긴 했지만 이번에도 아주 소중한 사실을 하나 깨닫게 됐어요. 민들레 나라는 저 먼 곳이 아니라, 우리 모두의 간절한 마음속에 있었다는 걸 말이에요.〉 새로운 민들레 나라는 자기 자신의 특이성, 즉 달팽이나 거북이처럼 느린 것도 미덕이 될 수 있을 뿐만 아니라, 더 나아가 서로 간의 차이를 통해 형성되는 새로운 삶의 공간, 인간이든 동물이든 모두가 자유롭게 연대할 수 있는 새로운 공동체를 향한 꿈이다.

반항아는, 아니 세풀베다는 이 작품을 통해 우리에게 물음을 던진다. 〈현실은 무엇인가? 현실은 대체 누가 규정하는가?〉 반항아의 말처럼, 그 대답은 우리의 마음속, 우리의 꿈과 희망, 그리고 미래에 대한 열정에 있을 것이다.

2016년 7월

엄지영

옮긴이 **엄지영** 한국외국어대학교 스페인어과를 졸업하고, 동 대학교 대학원과 스페인 마드리드 콤플루텐세 대학교 대학원에서 라틴 아메리카 소설을 공부했다. 옮긴 책으로는 루이스 세풀베다의 『생쥐와 친구가 된 고양이』, 『길 끝에서 만난 이야기』, 『우리였던 그림자』, 공살루 M. 타바리스의 『작가들이 사는 동네』, 『예루살렘』, 로베르트 아를트의 『7인의 미치광이』, 페데리코 가르시아 로르카의 『인상과 풍경』, 리카르도 피글리아의 『인공호흡』, 사비나 베르만의 『나, 참치여자』 등이 있다.

느림의 중요성을 깨달은 달팽이

발행일 **2016년 7월 20일 초판 1쇄**
**2022년 10월 5일 초판 5쇄**

지은이 **루이스 세풀베다**
그린이 **시모나 물라차니**
옮긴이 **엄지영**
발행인 **홍예빈 · 홍유진**
발행처 **주식회사 열린책들**

**경기도 파주시 문발로 253 파주출판도시**
전화 **031-955-4000** 팩스 **031-955-4004**
**www.openbooks.co.kr**


ISBN 978-89-329-1775-7 03870

이 도서의 국립중앙도서관 출판예정도서목록(CIP)은 서지정보유통지원시스템 홈페이지(http://seoji.nl.go.kr)와 국가자료공동목록시스템(http://www.nl.go.kr/kolisnet)에서 이용하실 수 있습니다.(CIP제어번호: CIP2016016054)